雨のゆふぐれ

児嶋きよみ歌集

青磁社

＊目次

Ⅰ　二〇一三年五月～二〇一四年

Ⅱ　二〇一五年～二〇一七年

III 二〇一八年〜二〇一九年

児嶋きよみ歌集

雨のゆふぐれ

装画　児嶋俊見
題字　田中紀子
装幀　濱崎実幸

I

二〇一三年五月～二〇一四年

からくさ模様

取り皿のからくさ模様を見つめをりひと在らぬ実家に弟と来て

隣り家もひと居らぬ家輪郭のゆるびて影が道幅に伸ぶ

家の隅小さなほこりの揺らめきてふはふは舞ひ飛ぶまでを見てをり

母亡くて父ひとりでは住めぬ家セコムの施錠仰ぎて離《はな》る

父はケアハウスに

老い父は娘の顔はまちがへず昼食前の雲見上げをり

食べること眠ることにも飽きし父食堂にひとりすわりてゐたり

ポルトガル&スペインへ

つやつやのみどり葉連なる窓辺にはオリーブ揺るるリスボンを発つ

半島のここに着きたる少年ら弾きしと伝はるパイプオルガン

暮れなづむ都市の夕焼けもう八時グラナダ郊外風に吹かれて
朝九時のアルハンブラの池を吹く風を見てをりアジアのひとらも

大学院への日々

水の揺れ見下ろす谿の橋上駅さびしき目ばかり車内のひとの

盆の日に子らの寄り来る夏の庭夕陽の影を水まき揺らす

水族館にゆらゆら揺るるマンボウの散らばるウンチ見しとふ男の子

カーテンの向かうの空はしらじらと少し覗けば円き月あり

雨の日の障子ふくらむ座敷には微笑む母が写真にて在り

くきやかな青色の空見上げ居る父と弟ケアハウスの庭に

この場所をどことも聞かぬひとり部屋父は静かに睦月の夕べ

信長に出逢ひしひとら

ロカ岬二度目でありし風の日は売店ばかりがにぎはひてをり

信長に出逢ひしひとら南蛮の屛風絵に在りリスボンの丘

アフリカの近さにおどろくポルトガル白き広場の世界地図のうへ

ぐるぐると運河の際《きは》の路地を行く魚の市場は終ひの時刻

「オブリガータ」幾たびも聞くパペットの人形三体購ひゆけば

いづくにも洗濯物はそよぎゐる青色の壁のナザレの村に

帰り来て海のごとくに広き河思ひ出しをり干し鱈を煮て

髪色の差も

さまざまなことば往き交ふ嵐電に向き合ひ見てをり髪色の差も

日本人とは誰を指すこの国に住まふひと皆つつむ台風

ゆるゆるとトラクターのひと

ゆるゆるとトラクターのひと帰り行くひかりの春の橋を渡りて

花の色濃くなりしこと話し合ふ月のひかりに子ら去りて後

母亡くて父も移りし家内には湿り気満ちてまづ窓を開く

相撲見て「大きな腹やな」ひさびさに父のおどろく声を聞きたり

孫連れて長崎出島へ

めがね橋の向かうの橋に立ちゆけば水の中なる石の輪ゆらぐ

冴え冴えと満月上がる山の手に潜伏史持つキリスト者の堂

竪穴《たてあな》の住まひの土間は蒸し暑く男の子も飛び出す吉野ヶ里遺跡

ポルトガルの色ガラス窓は真向かひに大浦天主堂浮き上がりをり

小浜へ

泥川へ落ち行く雨の筋見えて美山の谿に冷凍鹿肉

砂浜と岩場を仕切る防波堤朽ちし舟など君は撮りゐる

学校の校門の中を掃くひとの先には落ち葉が山と溜りて

水に沿ひ歩く雨の日ひんやりと小暗き樹下の南郷池へも

十月にいまだごそごそ鈴虫は籠の中にて羽こすり居る

くらくらと

海沿ひに北に向へば大宜見村《おほぎみそん》大き墓所の連なりて在り

くらくらと『世界と日本のまちがい』を読み継ぎてをり自由の定義も

道の雪あはあは残る春日坂《かすがざか》傘ひろげたり見えぬ雨降る

真夜過ぎて「満州事変」を読み終へぬ冷えゆく闇に細き月あり

II

二〇一五年～二〇一七年

はなびらが

外国につながる子どもの学習支援教室「ひまわり教室」（NPO）のミーティング

嵐電のいつもの駅の待ち時間粉雪斜めに線路を打てり

三階はすでに陰りて椅子冷え来見上げる空はあをそのもので

ひなまつり卯月三日に祝ふ街ぼんぼり紅く北町通りに

はなびらが寄りて輪になる惣堀《そうほり》は家の裏手の蔭の川なり

迷ひ込みほんのり白き闇を待つわたしはずつと何を見て居し

イタリアへ

ポンペイの石畳道ぽこぽこと歩き疲れて空はまつさを

カプリ島とぎれとぎれに陽の射して洞窟のなか青色の筋

ポンペイの焼き窯からは丸形のパンがそのまま八十一個

フォーロとふ公共浴場の真ん前に居酒屋のあり壺には銭も

洞窟の水はしづかに青み揺れサンタルチアの男声響く

ピザ屋にて小銭数ふる移民の子あまりしピザを見つむるわれら

ミラノにて裁判官の殺されし小さき記事を帰国後に見き

実家への途中の今庄宿へ

旅人はひと日に八里歩くゆゑ今庄宿は京よりの宿

春の陽に今庄宿の街道は曲がりくねりて短折《かねをり》型とふ

旅籠数五十五軒在りしとふ北国街道今庄宿の
紫のなすびの花ははつはつと見えかくれして歩く道筋

雨のゆふぐれ

傘を打つ雨のゆふぐれ歩みゆくひとりの時間ひとを思ひて

アメリカに病めるあなたとつながりてメールで送る写真三葉

ひゆうひゆうと山沿ひ走る縦貫道神社の森のはるかに見えて

夕刻の地下鉄出口に風は吹きうしろすがたの友に声かく

目覚むれば夜は白みて三時なりコップに平らかなみづを飲み干す

雨上がる谷筋ごとに雲ちぎれ月読橋の向かうの山並み

をみなごを産みに

をみなごを産みに向かひし娘《こ》の腹を見送りながら上の子に添ふ

シャボン玉漂ふ先を見つめゐて男の子の口は固く締まりぬ

夕映えに向かひて歩くこの道は娘の子をたづねる産院への道

子の口は吸ふかたちして泣きてをりさたう水得てしづかな寝息

影伸びて秋のひかりを追ひかけるをみなご生まれし菊月半ば

産むことはなにかの終はりそして今をみなごの眼はわれらを射るやう

育休はしごとより楽と娘《こ》を抱きさわさわ動く半ズボンの父

友の不在

見上ぐればさびしさどつとあふれだすもうゐぬあなたの山の上の家

坂の上のメタセコイアのゆれゐるをあなたと見たしと突然おもふ

ゆれやすき秋の花なり萩の紅こまかき花びら飛ぶひとところ

日韓セミナー

国を越えどこへ向くのか日韓のあなたとわたし問はるるセミナー

ゼミを終へ灯りのとどく広場にてそれぞれの道へ手を上げ別る

嵐電は二輛編成秋まひる風はこぶ声に異国語交じる

夕暮れの南郷池に鴨の群れ同心円に水はひろごる

夫の木版画展

格子戸の向かうに揺るる暖炉あり夫の版画にひとのくらしも

ひとり立つ男は都会の駅に在り「長い旅路の終わり」の版画

ふたり連れ画廊に上り来不安げに華系マレー人と英語で名乗り

ファドを弾くひとにもたれて歌ふひと版画に見てをり霜月の京

節分の鬼とは

節分の鬼とは何かと聞かれをり鬼はデビルとちがふやうだが

母親を呼びて泣く子の声弱りタオルをくはへ眠りに沈む

声のする方に顔向け探しゐる赤児に答ふ母はゆるりと

茶の色の羽が一枚つきしままタオルたたみぬ師走夕暮れ

欧州に日本地図置き確かむる移民の群れの歩ける距離かと

エスカレーター待ち居る群れを避けようと石段上りおほき息吐く

定席にテレビに真向かふ父親は表情うすくまどろみてをり

父宛ての賀状の服喪増え来たり父の賀状は弟が書き

チェコ・オーストリア、そしてハンガリーへ

定時にはあやつり人形の動く塔プラハの広場に今もむかしも

急な坂のぼりて行けば猫ら待つプラハ郊外城門までの

最後には人形遣ひの顔だけがひよこひよこ覗く奈落の底から

隣国へドナウベンドは曲《わだ》なせり太き川なり森をそびらに

ドナウ川船にはわれら三人のみくらくら揺るる街の灯見をり

テレビには日本語字幕が揺れてをりおもはず見入るプラハのホテルに

石の面《も》を削りとられしマリア像オスマントルコの侵入の証《あか》しに

穴倉を地下へと下りて「さくら」訊くブダペスト市の街の真中に

ブダペストにルーツはほとんどミックスと語りしガイド肩すくめつつ

いやいやと手をあげ

あづかりし赤児とふたり硝子戸の向かうの雨を見つめてゐたり

暑き日に熱きうどんを喰ひたがる男の子に葱をざくざく刻む

ちちははの棲まぬ家には窓枠の内側うすく光り留まる

四年経し母の形見の手提げには福井銀行のティッシュひそみぬ

さくら吹雪

美山にもカナダにも居る病む友はメールで一行その日を知らす

せはしなく用事の入りてめぐりにはひとのかたちが薄く見え初む

わたくしの容量といふものあるらしい読みゐる本を落とし音に

もらひ来し葉つぱの根方についてゐたみみず一匹ボールに浮かぶ

嵯峨駅の三番ホームに電車待つ向かひ側には白き肌群る

生まれし山の家思ふ

すずやかな水をポンプに汲みしころノズルの先にガーゼもありき

山寺の裏にひろごる下闇の向かうに黄《きい》の雲梯ひとつ

秋の日の廊下に桟の影残るあの先生と居りし日思ふ

谷間《たにあひ》をぬければ光の駅に着く十分間の渓谷の旅

長月に私雨の降る昼間泣き声かすれしハングルの歌

涼風に前髪かすかに揺るる子と長月はじめの白き月見る

母と兄やり合ふ間は黙しをり「ちゃーちゃん」と一息のちに

また来るねと声をかければよろしくと返す父なりケアハウスの部屋に

母亡きあとの

それぞれに息継ぎ唱ふるなんまいだぶ僧侶の親子平らな声で

そのままに裁縫箱に残り居るくづ糸もあり母亡きあとの

朱のつきし書の稽古紙が残りをりいくつもの棚に母の筆あと

嵯峨駅に

嵯峨駅に「外国人対応」の案内人ひとりで座り空を見遣りぬ

ひと群るる夜の電車に立ちしまま窓辺のわれをちらりと見つむ

この秋はふたりの柩を見送りぬどの日もけぶりて真昼間であり

夕空にアメリカフウが風に揺れ赤と黄が飛ぶ冬のかたちに

バス停にバス待つひとらそれぞれの空を見てをり冬晴れの日に

夕暮れの路地に別れてひとりなり与力町までまつすぐ歩く

風落ちしゆふぐれ空の鳥を追ふ熱の下がりし子とふたりきり

ひとり部屋にて

それぞれがひとり部屋にて静かなりテレビ画面を見つめる父も

母亡くてさらなる別れは今はなし川面に揺るるビル影見てをり

先への不安

まつすぐの与力町行けばすれちがふ誰の目も見ず灯のともるころ

あやふやな先への不安を語りゐるひと多く在りフェイスブックに

カタカタと止まることなく話しゐるひとりの声が一輛ぢうに

雨の街大津駅より下りゆけばバランス良きひと目の前を行く

ひとはみな生まれて死ぬるとおもふ日も一歳の子はせんべい初噛み

風が鳴る夜にパソコン打ち始む返事はありやぱらぱらこぼる

一歳児あづかりねむる

あづかりし一歳の子はねむりをりきさらぎ半ば窓ひかる間に

をさなごの前髪ゆらす春の風不意に立ちたり夕陽が沈む

顔上げて弥生の朝を歩きゆく空の一角ひらきて陽の差す

花群にみどりのうぐひす一羽をり男の子とふたり黙して見上ぐ

西陽背にじぶんの影をつかまむとをさなご手を伸ぶ前へ前へと

ぼんやりよけて

母亡くて話したきこと溜りをり大きな月の今宵上り来

ぼんやりと人混みをよけ夕暮れは通りを歩く手はポケットに

「すみません。回送中です」と夕暮れをバス通り来る国道九号

声高く明るき顔で唱《うた》ひゐしあなたをおもふ今宵は月夜

眞知子さん卯月はじめの桜花ここにはゐないあなたに見せたし

かぎりなく藤の穂垂るる崖の道左右を見上げ丹後の海まで

さをさをと降れる雨音午前二時娘《むすめ》らと来し城崎の宿

ここだけにかかりてゐたる雲消えぬ風明かりする城崎を発つ

ポーランド

夕無くて闇はふはりと突然に東欧五月は夏時間なり

「働けば自由になる」と入り口に掲げられゐしアウシュビッツに

収容所跡より街へとたどる道パンジーふた鉢むらさき色の

クラクフの八階の窓に見下ろせば陽はかげり初む午後八時半

ワルシャワの風にしなへる大柳ショパンの像は池の向かうに

昼時の光あふるる広場には男の子目を伏せアコーディオン弾く

同じ道もどりて見れば兄弟が金を数へきアコーディオン置き

ほどかれて風が遊びてゐる街のショパンも歩きしクラコフスキュ通り

機内にて日本語ニュースを聞きをればミサイル発射と今朝の五時半

生まれし村へ

山間《やまあひ》をまがり曲がりてやうやくにトンネルくぐる生まれし村まで

大御堂涼しき風の立ち来たり残りし家族はわらひ声上げ

ワニさんの入れ歯をなくした本が好きをみなごふわーんと泣きまねもして

四十越ゆるふたり娘《むすめ》をゆっくりとながむる機会は花火の夜に

横に立ち背が伸びたやろと中2の子われを見下ろし互みに笑ふ

先を行く男の子ふたりの夏休みタコ公園の木の影に消ゆ

「あかん」とふ兄に言はれしそのままを言うてみる子はもうすぐ二歳

ことばの少なき父を

亡き母はとほくにゆかず見てをらむ父の老い顔茶を飲む父も

数畝の畑をつくるひとら寄り朝ごと笑ふオクラの葉の下

薄白き月浮かびゐる夕の空黄色の小菊をすこし購ふ

君を待つ改札口のひとむれにくきやかな顔国を離れて

ぐらぐらと月をゆらして風の吹く霜月はじめの会議終はれば

月読橋を

降る雨に車のライトは浮きて見え月読橋《つきよみばし》を街へと帰る

釣りびとら無言で池に向かひ合ふ釣りて掬ひて池に戻して

冬一番吹きはじめたる朝の空電線の上の鳥の数かぞふ

「モチモチの木」に在るじさまは六十四「ええっ」と応ふるわれら皆越え

くろぐろと牛舎の上を飛ぶカラス群れの鳴き声鋭くなる夕ぐれ

かたつむり

かたつむり絵本の隅に見つけてはにつこり指さす母を待つ子は

「自分で」と座りて足を入れ始むズボンをはき終へにたりと笑ふ子

夕影の雲はひらたし娘の家に取り忘らるるミニトマト鉢

Ⅲ

二〇一八年〜二〇一九年

まつすぐの旅籠町筋

ゆふぐれの蓮池の辺に立つサギの鋭き眼の先想ひて過ぎつ

正月の池に棹差すひとのありコートの帽子を深くかぶりて

まつすぐの旅籠町筋ゆふぐれの白き波打つ雨の下ゆく

照り残る西の空見て車出す暗さをこはがる男の子を乗せて

にこやかな冬休み明けの子らの列半月うすく東の空に

没後六年

畳まれし母のタンスの着物などかたづけ始む没後六年

人住まぬ家にこけしは並び居る褪《あ》せた目をしてガラス戸のなか

母亡くて父も離れし留守の家螺子《ねぢ》をまはせば打つ時計あり

めくられず如月のままの暦あり春の陽あふるる父の個室に

カーテンを自ら開けむと父立てり九十三歳ただ静かなり

木の下影の

暗みたる木の下影の池の面を子鴨がつづくゆるゆるゆれて

はじめての英語のテキスト見せ来る子匕首《ひしゅ》なす蛇の絵スネークと説く

凝視する男の子は十歳ゲーム機に声も時間もすべてが消えて

公園に下る小径を声あげて幼が先行く「はよはよ来てや」

日すがらを横になり居てゐねむりす九十四歳父は息あり

熊川宿

番所にて鯖街道の入り口に「出女を止め税も掛けし」と

荻野屋は袖壁卯建の問屋なり宿場の筋にたんぽぽ二輪

古民家の曇りし窓を落つる雨空を見上ぐる百年前の

熊川の宿の家並みは静まりてくづれし家には陶の火鉢も

オフィス・コン・ジュント主宰として

三階のテーブルの角《すみ》に陽は差してひとを待ちをり小道を見下ろし

つかのまの後前なりや翁長知事沖縄に死すひとら連なり

朝の五時すでに東は明けてをり洗ひざらしの空に雲散る

秋風のここは日野町芋くらべ山子は絣のべべ着て待てり

芋打ちの三番尉《じょう》は酒喰らひ千鳥足にて芋はかりをり

つばくらの小さき頭に陽はさして芋打ち頭をゆらゆら見下ろす

秋空に雲はふらふら行き交ひてさかなの骨のかたちに広ごる

父は今

父は今病んでゐるのかゐないのか尿袋下げもりもり食べると

夜の間にひとり立ちゆきころがりし父の右頬青く腫れをり

完食とつげられし父の尿袋カバーに花の模様いろいろ

杖の音ひびく廊下の待合で診察の父二時間待てり

いま何か動いた気がして見下ろしぬ橋の真下はもう夕暮れて

エジプトへ

エジプトの男の長衣はガラペイヤ足もとまでの綿衣で土色

巨大石に足のかたちのくぼみありやうやく登れば風吹きとほる

「1《ワン》ドラー」と出口にさけぶ子らのありおとなのまねして笑ひ声立て

ホテルにて波打つナセル湖見わたせば水のにほひの満ちてくるなり

田附氏の『造化』歌集を読みさして砂にたむろすカイロをおもふ

ありがたうありがたう

亡きひとに睫の動く気配あり防腐処置《エンバーミング》すまししちちの

ありがたうありがたうと言ひ昼飯を自分で食べて逝きし父らし

二日目にエンバーミングに送られて帰り来し父手の色は白

ケアハウスの荷物まとめはひとりなり父亡き自由は眠気のつづく

苦しみの息することもなきままに昼寝のつづきで逝きし父なり

カーテンを開ければ朝の空晴れてケアハウスより電話はもうなし

ネーム付く明るき紺の背広あり父の好みの色でありしか

風の道

春日坂夕暮るるなか下りゆけば片手に杖つくひとらと行き合ふ

絵本には樹にひつかかりし凧ひとついつも指さし首かしげる子

鬼の面手にとりて問ふ三歳児「鬼がきたの?」と目をしばたきて

生きることのさびしさ少し知りたるか「かあちゃんきょうはおそいの?」と問ふ

ポルトガルの絵本をめくる幼子と空には鷲が水にはワニも

家の裏手は

人容れる器の連なる線路沿ひ家の裏手は沈みし色の

ぶらんこの揺るる足先見て過ぎつ京町通りは暮れてゆくなり

深夜二時あなたの書き来しメールありそのときひとりの時間を持ちしか

脚立にて下から上へと本の山きりくづしゆく背文字を拾ひ

地下街を上がれば御池通りなり雪に明るき街に出でゆく

ひまわり教室（Ⅰ）

いくつかのことばの交じる居場所なりタガログ・中国・日本語もあり

垣を越え馬酔木の揺るる与力町この花の名をたれに伝へむ

友も言ふけふは花粉の飛ばぬ日と冷たき風の向き変はりしか

夜半読む『宗教改革の物語』気付けば幾度もうとうとして

外は闇顔の見え来る電車ぬちそれぞれの目はスマホに向かひ

子らの事故あり

たそがれの池に濡れゆく花菖蒲子らの事故ありきのふの朝に

雨雲の列島まるく覆ふ図にけふいちにちは晴天なるらし

空つぽの手をかざしつつ語り合ふ「令和」の意味をアメリカのひとと

花終へし大島桜の葉間《はあひ》より五月の空のやはらかき青

フランクフルトの友をたづねて

朝にのみ出されるといふドイツパン茶色く丸く小麦の味して

夜八時未だ明るき橋の上にワイングラスを重ぬるひと群れ

路地奥のローデンブルグの古本屋日本文字浮く地図のひとつに

ライン川北へと向かへば崖の下 Lorelei の文字と歌も聞こゆる

宿で読む『ドイツの歴史』は重たくてねむくてわからぬウエストファリア条約

隠岐の島

バス停に自動販売機がひかりをり海士町まなかの隠岐神社前

色うすき小さき魚は内浜の水のおもてに見えつ隠れつ

夜七時夕闇のなかの浜の隅壊れし船は重ねられをり

首曲げて鶴丸ホテルの前の浜黒サギ一羽は水面うかがふ

てつぺんの緑の広場に牛と馬隠岐の夕陽を見下ろしてをり

やさしい日本語

不機嫌な日韓政府の顔映るそれでも続けるハングル講座

夏休み「やさしい日本語」を考へる講座の席のひとすみにをり

その母の購ひくれし墓地の草今年も引きに夫は次男

死ののちに残ることとは何ならむ水にふくらむきくらげの黒

ひまわり教室（Ⅱ）

中国語飛び交ふ教室夕刻のふたごの姉妹は日本語で問ふ

1や2の成績表をどのやうに親に見せしか見せないままか

前を行く柳町通りのひとの肩かすめて蝶が飛びて来たれり

『虹の表紙』は

ひとり増え歌会明るく終へ来たり街灯淡く灯る街すぢ

もういちどつらく明るき歌集読む『虹の表紙』は雨粒の飛ぶ

花の名を思ひ出せずに朝の道帰ればメモに「秋海棠」と

ぱたぱたと細き通りに幟立つ秋祭り前の鉾立つ町すぢ

等持院裏手の

等持院裏手のしづかな街らしき箒で掃きゐるひと見て過ぎつ

夜の更けのちひさな公園わきを行くブランコの向かう明るき灯のあり

紛れ込む泡つぶほどのさびしさは父の初盆終へてふた月

秋の陽を木のさきつぽに取り込みて柿もぎしたり夫の実家に

実家のタンス

「寝たままでいいの？」と問ひし母なりき立たずにおむつで死の二日前

母が逝き父のつづきし街なかの実家のタンスは空段ばかり

栴檀の黄色く尖りし池の端ひとり歩きの師走ひる過ぎ

母国へと帰りゆくひと見送れば雪虫飛び来るプラットホーム

Ⅳ

二〇二〇年〜二〇二二年

湖国を旅する

余呉駅に七名そろひ昼ごはん湖《うみ》に雨粒吸はれてゆけり

七人で湖国を一周する旅は一駅運賃ひとまはりして

余呉駅の待合室に北見遣る峠の向かうは我が里越前

黒猫は

黒猫は石垣の上《へ》を後ろより追ひぬきてゆくあられ降る夕

丘の上の団地に灯火点りゆく呼び合ふやうに如月ゆふぐれ

風の坂下れば行き交ふひとら在り南郷池の裸木ゆるる

がらんどうのこころを持ち寄りひとら会ふウイルスのはなしは避けていかむと

コロナ禍始まる

休校の男の子はマクドへ行きたしとしづかに語る冬日の光り

葉間《はあひ》より桜の新芽はひかりをりウイルスの話うづまく日々に

問ふといふ時間のつづく卯月なりキャンセルばかりの手帳は白し

黒色のマスクに顔をうづめゐるひとらと多く駅に往き交ふ

どの国も揺れゐるやうな日々つづくそれでもひと日は即過ぎてゆく

カナダにてまだ居残れる颯くんはメール送り来「元気ですよ」と

『抵抗と絶望』といふ名の本拡ぐしづかに春の雨しづくする

ゆふぐれに花びら散り敷く公園に「はなびらってなに？」と聞く子とふたり

斜面には

斜面《なだり》には永代供養の墓ならぶちひさき四角に赤き名入れられ

近づきし白き矩形はグランドでそこだけ灯のあり夜の電車に

椅子の影ひとつ残れる大部屋にぽかんとわれはひとを待ちをり

娘の家の冷蔵庫には予定表重なりてをりドラえもん磁石と

ぬひぐるみうつぶせにして語りかくをみなごやさしく「ねむっていいよ」

雨雲をぼんやり見上げ帰り来る仕事を終へし娘《こ》を待ちて後

円卓にひらたく置かれし一枚の年金情報ふたりのくらしの

夕まぐれけふの仕上げに遠回り夕飯つくりはあとまはしなり

だんだらの

だんだらの日向の坂を下り来るひとらマスクに模様も描きて

白鷺はたいてい一羽で下りてきてしづかに眺む平の沢池に

先に行くはあなたと決めて我に言ふなまぬるき暮らしの注意点など

帰り来し保津川下りの船頭ら駅の階段数段ぬかしで

神無月今日は雨ねとエレベーターぬち見知らぬひとと交はす朝なり

十月の没り陽

十月の没り陽はすでに落ちてをりをさなとふたり離《か》る保育園

かあさんがねこをかひたいと言ったので「うん」と言ったのゆうちゃんも

子の迎へ頼まれぬ日はゆつくりと夕ぐれは来て新月の見ゆ

オンラインで話す向からに雨の音不意に飛び込む霜月の夜

みかん五個

みかん五個抱へて帰りぬ薄き皮ふたりで剝けばさびしさもなし

白き屋根つづくドイツは雪なりと友のメールは空の重さも

閉ざされし時間のなかに入るやうに眠りにつけり夜零時過ぎ

手のひらに掬ひきれないどんぐりが道にこぼるる独鈷抛山《とこなげさん》の

生まれし村　（福井県丹生群織田町笈松《おひまつ》）

雪道は白いろばかり下を向きまなこも痛む子ども時代の

北陸の大雪の道は風も白ぴりとも動かぬ映像流れ来

残照の村を見下ろす寺ぬちの鐘楼柱に上りし記憶

うすき陽のけむりのごときふるさとは越知山麓の谷川沿ひの

泰澄の修行地でありし越知山のすそ野の村はふるさと笈松

ひとみ光りをり

水鳥の川面にもぐるを橋の上に一、二と待てばぽこんと浮かび来

中1の男の子のひとみ光りをりふたつちがひの従兄の話に

夕刊にスーチー氏拘束の文字の揺るまつすぐ見つむる昔の写真

肉売り場近づき行けば冷え冷えと「さぶっ」と声飛ぶうしろの夫の

更けてなほ月読橋は風あらむ子らとの教室休みのつづく

きやらきやらと試験の終はりし中学生雨けぶるなか坂を下り来

ふたり子の娘らもそれぞれ「母さん」と幾度も呼ばる山わらふ地に

ハングルの抑揚《オギャン》を学ぶ朝ごとに八時はラジオのはじまりの時間《とき》

ブロッコリーの花はまつすぐ伸びて来て転作符揺る穫られざるまま

竹の秋

上矢田の五月の森は竹の秋きんいろの葉のさらさらさやぐ

ZOOMにて見え来る自分を動かしぬパソコン上げ下げ灯の向きも変へ

まがり道ひとつ間違へ行きつけず学校遅れしあの子も卒業

コロナ禍に数年前のにぎやかな映像つづくラオスの市場

休日の胡麻郷小学校は桜木の花びらこぼる糞も混じりて

ゆうちやんはこれすきやねんと大き目のマンガの女子《をみなご》差し出して来ぬ

水桶に月ゆるるころ子とふたり母を待ちゐて夕飯を食ふ

オンラインで母の葬儀に

ドイツにて日本の母の急死の報受け取りし友メールにたゆたふ
オンラインで母の葬儀に参列すとドイツに在る友時差七時間

風の朝ハクセキレイ一羽前をゆくわれもゆつくり田の道を追ふ

惣堀の内なる家々ひつたりと表戸閉ざす亀山城下

子とふたり車で西へと下る坂まぶしき夕陽は鏡のやうに

何ゆゑに鳥は飛べるか

何ゆゑに鳥は飛べるか暮れ残る夕焼け空はまだくつきりと

ひとところ陽射しの影となる道の塀の裏側桔梗を見つけぬ

くきやかな牛松山を仰ぎ見て雨はふらぬとひとり決めたり

直立ちのひまはり大花目で測るその直径は二十センチを超え

「ゆうちゃんな買いたい本があるねん」と教へくれたり誕生日前

あかいろに羽ばたくかたちの雲見上ぐ駆けなはとびをする子とふたり

秋の灯が

夕暮れに峠を越えて見下ろせば秋の灯《ともし》がさざめきあへり

「ひまわりのたねよ」と数個ゆづられぬ隣のをみなごにつこりとして

政変も起こらずしづかな総裁選不安も不満も飲み込みしまま

アフガンにこちら見つむるひとみ在り次へと進むカメラ持つ側

石つぶて投げてもみたし山よりの急な流れの朝の水面に

すこしづつ冬のにほひが垂れてくる冷たい霧に折り襟のばし

草臥《くたぶ》れた椅子がいくつか残りゐる父の仕事場無人の実家

オンラインに外向きの顔を見せられぬと疲れしひとは声だけ聞こゆ

石垣島

傾ぎつつ海面に向かひ下り行く機八重山群島島影多し

竹富のブーゲンビリアの咲く道を牛車に乗りてたゆたひて行く

ふたりして紅き陽落つるその刻を見つめてゐたり島の三日目

もう一度来る日のことを思ひをり冬のなき島八重山の島へ

八条ケ池に

浮かびゐる八条ケ池の亀一頭もぐりて鯉の影に入りゆく

こきざみに揺るる窓には吾のありトンネルくぐる嵯峨野線ぬち

春の日は終はつてしまふ一万歩さくらの下をひとり歩く日

今年またひとつ歳とり見上げをり南郷池の栴檀一本

帰り来て「サンペイ君」と呼びしのちをみなご屈《かが》み猫と話しす

葬列を見送りてのち

葬列を見送りてのち同級生三家族寄り「すこし話そう」

帰るまで語ることなきふたりなり友の葬の日皐月曇り日

栴檀のむらさきうすき花たわわ今朝の池には釣り人見えず

蹴上駅出づれば広き下り坂けふ会ふ人らの顔を浮かばせ

中国語の森

囀《さへづ》らむ中国語の森「ニンハオ」と天井高き広間のなかに

春闌くる朝の時間はハングルの濃音練習ハッキョハッキョと

うす闇に浮くアマリリス危険度が日本はちがふとカナダのひとは

颯君の木と名付けられし木蓮はみどりの大葉にしづかな木蔭

からうじて荷物はいくつか持ちてあらむウクライナ離るひとらの列は

北海道東部

たましひを寄せるがごとき輪のなかに足でもつまびくアイヌのをどり手

阿寒湖の陽射しが洗ふ快速艇ふきの葉かかげ傘とせしひとと

釧路発ち日本海上飛びてをりアイヌの「鉢巻き《マタンプン》」一本抱へ

地下通路上がれば

地下通路上がれば明るき街なかへ森より出で来しうさぎのやうに

宍人《ししうど》のしづかな庭に「みのる」さん病みて立ちをり花揺るるなか

霧雨はあつと言ふ間に上がりをり風明かりする与力町通り

歌ひつつゆく自転車は信号の手前に静かそしてまた声

ぱたぱたと夜更けに降り来る雨音をあたまのしんがとらへてゐたり

食卓の椅子が低いといふ男の子十六歳なり自主勉強中

かさかさと落ち葉が一枚先をゆく祝日の朝学校の前

ロシアより逃るるひとの車列見ゆロシア人なり戦ひ避けむと

「ほづかわ」と

川の名がいくつも変はる川であり小学生は「ほづかわ」と言ふ

掲げをりプロポリスとふ花の名の石鹸ひとつ「シリアのみやげ」と

ドイツより「今停電」とメールあり明るきビルを通りに見上ぐ

坂下り二重の虹を見つけたりミサイルの報不安ふくらむ

秋陽の坂に

父憶ふ陽の射す廊にひとりゐてしづかに外を見てをりし日も

まだすこし生はあらむと耕雲寺秋陽の坂に夫と腰掛く

朝霧に深くしづみしサッカー場保津川のみづしづかに音す

花びらにうす紫の班ちらし杜鵑草《ほととぎす》揺る何かが足りぬ

月寒の空

月寒の空をあふぎて池の端鴨の数など数へてをりぬ

「極月の小春日和ね」とパン屋にてゆつくり話すパンの作り手

くつくつと滾《たぎ》る汁なべふたりしてしづかに見てをりなんにもなき日

ドイツからブラジルからもメールあり時間差も越え現況告げ来

あられふるあかるき街へと坂下る電池買ひだめとドイツの友は

霜月の霧立ち込むるこの町に多様な肌のひとら寄りて来

朝の九時洗濯物の向かうには白き月ありぼんやり不安も

中矢田の鳥居をくぐりバスが来る「ふるさとバス」は夕暮のなか

V

二〇二三年

アラビアの文字を

アラビアの文字を筆持ち書き出だすをみなごは言ふ「右から書くよ」と

窓の辺に雨を見下ろす丘の上アメリカのひとらと過ごしし日々も

逝きしとふこのひとの本読みかへす『京都の渡来文化』は深しも

まばらなる蠟梅の枝光らせて時雨は去れり睦月九日

雪を吸ふ夜の川面を思ひをりふるさと越前雪の予報に

月のゆれゆれて

池の面に映れる月のゆれゆれて南郷池の暗き夕方

をちこちに気になるひとら離れ住みメールの嵩は増え来るばかり

船寄する琵琶湖の浜は泡立ちて朝の光ににぎはひてをり

田の道に遠くのはうからひとの声気配にふりむくわれと白鷺

嵯峨野線うしろへうしろへトンネルを幾たびも越え川を見下ろす

ゆうちやんな二年生やでもうすぐな大きな声の本読みつづく

きみからのLINEみじかく「乗りました」ひとり旅の子駅に迎へに

果てしなき祈りのやうな雪降り来きさらぎ末のミサイル飛びし日

二重跳びして

三月の陽のあふれゐる空見上ぐ保津川下りの事故ありし日も

半月の色の深まる夕刻に二重跳びしてみせる子と在り

春の陽ももうすぐ翳るぎりぎりに子を迎へ来て西空見上ぐ

夕道に行き逢ふ子らと目を合はす今日は楽しきことのありしか

地下通路上りてすぐに本能寺ひつそりとした裏門に入る

トルコへ

機内でも氷を入れし水飲むな固く言はれてトルコへの旅

次の便待ちゐる時間は五時間も安楽椅子に眠り込むひとら

ボスポラス海峡巡りの船待てばぼらの大群波止場に群れ来

赤色の旗をなびかせ船寄り来海峡渡るさびしさもなく

「トルコはね。モンゴル系」と説くガイド確信こめて目を見て語る

ひつじらはぼうつと立ちて数百頭トルコ中部のシルクロード沿ひ

夕方のカッパドキアのホテルにて洞窟部屋まで雨止むを待つ

トルコ語で「ジジババ」の意味をガイド告ぐ「かわいい父さん」ちがひに笑ふ

黒き犬カッパドキアに山見上ぐひとらと共に下りはじめたり

洞窟を地下都市とせし数世紀逃れし信者ら強き意思在り

陽のひかり見ずに過ごしし子どもらも地下都市つながる洞窟のなか

東から西からひとら寄り合ひて神殿成すとトルコの地には

ドバイにて待ちゐる時間は少しのみハブ空港を駆け足で過ぐ

機内にて大きトマトのハンバーガーみなかぶりつくぱつくり口開け

ドバイより関空までの機内にてモロッコ青年母国を語る

一昨日に機内に出逢ひしモロッコびとその母国にて地震の報あり

帰り来て「ここはどこか？」と夢の中いまだトルコの宿のなからし

解説

吉川宏志

児嶋きよみさんは、あとがきに詳しく書かれているように、語学が堪能で、国際交流の仕事をされている方である。海外旅行にもしばしば出かけている。ただ『雨のゆふぐれ』という歌集は、そうした題材を詠んだ歌もあるけれど、京都の亀岡という土地に暮らす日常を淡々と描いた歌のほうが主調音になっている。

雨上がる谷筋ごとに雲ちぎれ月読橋の向からの山並み
道の雪あはあは残る春日坂《かすがざか》傘ひろげたり見えぬ雨降る
手のひらに掬ひきれないどんぐりが道にこぼるる独鈷抛山《とこなげさん》の
夕暮れの路地に別れてひとりなり与力町までまつすぐ歩く

どれも亀岡市の地名が入っている歌である。一首目の上の句は山にかかる雲をよく観察している表現。谷のあるあたりで雲が裂ける様子をしばしば見ることがある。亀岡は山に囲まれた盆地なのである。それを受けるように置かれた「月読橋」という名前が美しい。

二首目は春日坂球技場があるあたりらしい。雪の後に細かい雨が降っている情景が描かれ、しっとりとした味わいがある。「春日坂」から、もうすぐ訪れる春を意識してもいるのだろう。

三首目も辺りに散らばっているどんぐりが目に浮かぶような一首である。「独鈷抛山」という独特の地名がよく効いている。弘法大師が唐から投げた独鈷がこの山に引っかかったという伝説があるとのこと。

四首目の「与力町」は、同名の町が大阪市北区にあるが、亀岡市にもあるらしい。ここは明智光秀ゆかりの城下町なのである。江戸時代には与力が住んでいたところなのだろう。地名がよく効いていてレトロな雰囲気のある歌である。

地名を好むのは、自分が暮らしている土地の古い時間に心を惹かれているためだろう。過去からの時間の流れのなかに、いま現在がある、という感覚は、児嶋さんの歌に、ゆったりとした奥行きをもたらしている。

砂浜と岩場を仕切る防波堤朽ちし舟など君は撮りゐる
ポンペイの焼き窯からは丸形のパンがそのまま八十一個
秋の陽を木のさきつぽに取り込みて柿もぎしたり夫の実家に

一首目は「砂浜と岩場を仕切る」という細やかな描写がとてもいい。古びた舟をカメラに撮っている「君」を見つめながら、この海辺を過ぎていった時間を感じている。海外の旅先でも、いま見ているものの背後にある遥かな時間に触れようとする。二首目は見た物をそのまま描いたような歌だが、「八十一個」という数字がよく効いていて、二千年近く昔にも、多くの人々がパンを食べる日常を送っていたことを想起させる。

三首目も懐かしい感じのする歌で、「木のさきつぽ」という語が童画のようにユニークである。秋の陽は、夫が子どもだったころも、柿の木のてっぺんに光っていたのだろう。そんな遠い時間を思いながら、柿を捥いでいる。やはり、いまと過去を重ねながら、情景を眺めている歌であろう。

三階はすでに陰りて椅子冷え来見上げる空はあをそのもので

「外国につながる子どもの学習支援教室『ひまわり教室』(NPO)のミーティング」という言葉が添えられている。児嶋さんが現在取り組んでいる重要な仕事を背景としているのだが、歌はそこから少し離れたところで作られている。冬の夕暮れなのだろう。ミーティングルームの鉄製の椅子は、すでに冷たい。ただ、窓から見える空は、青く澄みきっている。「あをそのもの」という表現はその感じをうまく捉えている。

自分が今ひたすら進めている仕事も、広い冬空の下でははかないもののように感じられたのか。あるいは、自分の仕事が青空に包み込まれているように感じたのか。どちらに取ってもいいし、両方の思いがあったのかもしれない。

作者の活動を詳細に伝えようとする歌ではなく、一歩引いたところから、静かで穏やかな情景を歌おうとしている。外国から日本に来た子どもの教育に関わっているので、現実にはさまざまな苦労があるのだろうと思う。しかし、それをそのまま歌うことは抑制して、透明感のある表現を希求しているのである。

死ののちに残ることとは何ならむ水にふくらむきくらげの黒

この一首も印象的であった。上の句は誰もが持っている問いであろうが、下の句の「きくらげの黒」の存在感が豊かで、この問いに深みを与えている。いくらさまざまな活動をしても、死の後にはすべて消えてしまうのではないか。そうした虚しさを抱えつつも、日常の中の小さな美を見つめながら、遠くまで歩んでいく。児嶋さんの歌は、そんな生のあり方に忠実である。

『雨のゆふぐれ』には、親の老いと死を詠んだ歌が多く含まれている。

母亡くてさらなる別れは今はなし川面に揺るるビル影見てをり
父は今病んでゐるのかゐないのか尿袋下げもりもり食べると
ありがたうありがたうと言ひ昼飯を自分で食べて逝きし父らし
「寝たままでいいの?」と問ひし母なりき立たずにおむつで死の二日前
母が逝き父のつづきし街なかの実家のタンスは空段ばかり

一首目に歌われているように、母の死後しばらくは肉親の死に遭うことは無いと思っていたけれど、やがて父の死は近づいてくる。最後までしっかり食べて亡くなった父。寝たままでおむつを替えられることを申し訳なく思っていた母。具体的な営為を描くことで、死の瞬間まで懸命に生きる人間の持つ光が見えてくる。そのように両親がこの世を去った後の哀感が、五首目のタンスの「空段」によって静かに形象化されている。

だがその一方、新しい生命も誕生する。

をみなごを産みに向かひし娘《こ》の腹を見送りながら上の子に添ふ

シャボン玉漂ふ先を見つめゐて男の子の口は固く締まりぬ

西陽背にじぶんの影をつかまむとをさなご手を伸ぶ前へ前へと

一首目は「腹を見送りながら」が素晴らしい。普通なら「娘を見送る」と表現してしまうところだ。しかし「腹」に注目することにより強い臨場感が生じている。結句も良くて、入院のあいだ上の子を預かることが簡潔な言葉で示されている。

二首目はその上の子の様子。これも「固く締まりぬ」という表情を描くことで、母親の出産を心配している男の子の内面が鮮明に伝わってくる。

三首目は生まれてきた赤ちゃんを詠む。まだ影とは何かが分からず、影に触ろうとしている姿が、いきいきとした動詞で捉えられている。

もう一首触れておきたい歌があった。

深夜二時あなたの書き来しメールありそのときひとりの時間を持ちしか

メールに表示されている時刻が、午前二時であることに気づいたのであろう。そんな夜遅くになって、やっと自分一人の時間を持てて、その時間の一部を費やして自分にメールを書いてくれたことに、静かに感謝の思いを表わしているのである。

あまり目立たないけれども、滋味のある歌である。児嶋さんの歌には、ときおり人間の心の深いところに触れてくる表現がある。

『雨のゆふぐれ』は、構成（歌の並べ方）にやや無造作なところはあるが、一首一首に確かな存在感がある。素朴さと表現の巧みさとのバランスが良く、自然な調子で読むことができる一冊なのである。多くの人に、じっくりと読んでいただきたいと願っている。

最後に、私が好きな歌をもう少しだけ取り上げておきたい。四首目や七首目のようなユーモアも、児嶋さんの一面なのである。

目覚むれば夜は白みて三時なりコップに平らかなみづを飲み干す

すずやかな水をポンプに汲みしころノズルの先にガーゼもありき

同じ道もどりて見れば兄弟が金を数へきアコーディオン置き　（ポーランド）

「モチモチの木」に在るじさまは六十四「ええっ」と応ふるわれら皆越え

黒猫は石垣の上《へ》を後ろより追ひぬきてゆくあられ降る夕

水鳥の川面にもぐるを橋の上に一、二と待てばぽこんと浮かび来

肉売り場近づき行けば冷え冷えと「さぶっ」と声飛ぶうしろの夫の

あとがき

『雨のゆふぐれ』は、児嶋きよみの第二歌集です。

二〇一三年から二〇二三年までに作った歌の中から四一九首選びました。この間を、Ⅰ（二〇一三～二〇一四）、Ⅱ（二〇一五～二〇一七）、Ⅲ（二〇一八～二〇一九）、Ⅳ（二〇二〇～二〇二二）、Ⅴ（二〇二三）と五期に分けてあります。

第一集は、二〇一三年の発行ですので、あっという間の十年間のような気がします。この間、夫と共に、さまざまな国に旅をして来ました。

スペインとポルトガルに叔母夫婦と共に行き、その後、ポルトガルを二人で再訪しました。一九八五年～一九八八年の三年間、夫が、日本人学校教員として赴任し、家族で住んでいて、ポルトガル語を学び、話せるようになった事が原因かもしれません。

その後、イタリア、チェコとオーストリア、ハンガリーの三国を一度に訪問し、その後は、ポーランド、エジプト、ドイツへと毎年旅をしていました。コロナ禍で二〇二〇年〜二〇二二年は、国内に切り替え、石垣島や北海道東部にも行きました。二〇二三年になり、ようやく次の外国行きとして、トルコを選びました。

定年退職後、夫は木版画家となり、その題材を求めて他国への旅をしたはずです。でも、私自身は、何を求めて行ったのだろうかと今になって考えています。

どこにも人々の暮らしがあり、その暮らしを見ることで日記のようにたくさんの歌ができました。

永田和宏さんが、「生きた時間をうたに残す」とNHK短歌教室の冊子に掲載されたおだやかなお顔の写真があります。私の仕事机の横にいつも微笑んでおられます。「歌があることによって私の生きた時間を確かに感じることができる」とも書いてあります。

二〇〇〇年ころに、京都の朝日カルチャーセンターで、河野裕子さんがゆらゆら楽しく講師をされているお姿を拝見したのが、私の短歌との出会いです。その後、吉川宏志さんや永田淳さんに教えをいただきながら、今も仕事のように続けているのが、私の短歌生活です。

この歌集は、「私たちは亀岡を出て行きません。仕事をするので」と豪語する二人の娘とその家族も登場します。私自身は、福井県の織田町という織田信長の祖先が造営したという剣神社のある町の山の中の村で生まれました。そこから、高校、大学を経て、京都府の教員になりました。就職後、すぐに家庭を持ち、夫の生まれた町である亀岡に住み始めました。

ところが、十年目を過ぎたころ、「このような忙しい暮らしを変えたい」と突然思い、教員をやめました。夫には、「ちがうことをして暮らしを立てるから」とだけ言い、三月で退職をすると、四月から大阪の中国語学校に週に三回ほど通い始めました。

二人の娘は、保育園と小学校に行っていましたが、三年後には、初級の中国語講座の講師をするよう依頼され、「さあ、やろうか」と思った直後、夫の日本人学校教員としてブラジル赴任が決まりました。そして、家族で、ブラジル中部の大都市であるベロオリゾンテという町に住み始めました。

そこで中華料理店に行くと中国人移民であるご主人の家族が「中国語を話す日本

人」として、親しくしていただき、とてもお世話になりました。

このブラジルでも生活のためにと、ポルトガル語を真剣に学び、一年半で、ブラジル人を呼んでパーティを企画できるくらいになりました。

ところで、亀岡市には大本教の本部がありますが、ブラジルのサンパウロの近くにジャンジーラという町に支部があり、そこを通じて、姉妹都市関係ができました。

夫が、赴任して二年目くらいに、亀岡の市長さんを中心に市民代表団が、姉妹都市訪問に来ることになりました。そこに、ブラジル駐在中の我々がいることを知っておられたようで、訪問中のサポートを依頼されました。そこで、私たちも飛行機で一時間ほどのサンパウロ近くの姉妹都市に行き、初めて市長さんとそのご一行にお会いしました。

その後、我々の帰国直前に、亀岡市役所から、突然国際電話があり、「アメリカ大学日本校の亀岡への設置を企画しているが、手伝ってほしい」と私に言われたのです。簡単に「ＯＫ」をした私は、帰国後、真剣に英語を学び直す必要にかられました。オクラホマ州立大学日本校の企画の段階から、一九九六年に学生数の不足で閉校になるまで、私はそこの職員をしていました。その後、元アメリカ大学の敷地に、亀岡市交流活動センターが設立され、定年退職する二〇一一年三月まで、職員として、勤務していました。

同じ、二〇一一年夏に福井市の実家に住んでいた両親のうち、母を亡くし、その後は父を亀岡の自宅に引き取り、いっしょに住むようになりました。

同年三月に定年退職後、私は、「自分のしてきた仕事をまとめてみたい」と思い、その方法の一つとして、立命館大学大学院先端総合学術研究科に入学し、そのまま二〇一七年まで在籍していました。修士論文を書き、その後博士論文を書くまでに査読論文を三部書き上げれば、博士論文が書ける直前までいました。三部目の査読論文の内容は、現在の事業を書きたかったのですが、まだ、そのまとめの段階に至っていないと思い、一度離れようと、大学院をあとにしました。

この歌集は、二〇一三年からになりますが、大学院在学中の歌も、もちろん含まれています。この間、父は、私たちの家でいっしょに住み、毎日デイケアセンターに送迎をする日々が続いていました。一年ほどすると、夜中に何度か起きて、自分の部屋に帰れなくなり、「そろそろ無理かな」と思い、新設のケアハウスに応募すると、最初の入居者だったらしく、二階の一番見晴らしの良い部屋を勧められ、それ以後、父は、二〇一八年の暮まで元気に過ごしていました。ある日、「ありがとう、ありがとう」と繰り返し、、昼寝をしたまま亡くなりました。

この間、亀岡に住むふたりの娘たちの家族や、夫の兄や姉にもお世話になりながら、二〇一四年からは、外国につながる子どもたちの学びを支える会「ひまわり教室」を作り、現在も継続しています。また、亀岡市交流活動センターでは、一九九九年から、グローバルセッションを開始し、二〇一一年に退職後は、NPOオフィス・コン・ジュント（Office Com Junto）として継続しています。一ヶ月に一度、外国につながるゲストを招き、小人数でのセッションを続けています。二〇二四年五月には、三百七十五回目を迎えました。毎回、終了後、レポートを発行し、参加者はもちろん、百五十名ほどの会員にはメールで送信をしています。最初から参加を続けておられる方もあり、「すでに二十年を超えてしまったね」と笑い合っています。

私の中では、言語《ことば》は、ひととのつながりとして一番大切なものとなっています。中国語、ポルトガル語、英語を学び、現在はハングルを話せるようになりたいと学習を続けています。ことばを学ぶと何かが伝わり、その国の方々の思いが伝わるのではないかと、かすかな期待を持って続けています。

この歌集を作成する時に、一番雑な原稿から吉川宏志さんに見ていただき、良いと思う歌も選んでいただきました。表紙の絵は、木版画家である夫の児嶋俊見の作品です。四季の美しい亀岡を描いてあります。また、題字は友人の書家である田中紀子さんにお願いしました。全体の装幀は第一歌集『月のドナウ』もお世話になった濱崎実幸氏です。

特に最初から最後までお世話になったのは、青磁社の責任者であり、朝日カルチャーセンター講師でもある永田淳氏です。いつも投げれば必ず返していただく永田淳さんですが、河野裕子さんと永田和宏氏のお心までもいただいているような気もします。深く感謝を申し上げます。

どうぞ、これからもよろしくお願いします。

二〇二四年七月

児嶋　きよみ

塔21世紀叢書第446篇

歌集　雨のゆふぐれ

初版発行日　二〇二四年九月六日

著　者　児嶋きよみ

亀岡市古世町一―二―四一（〒六二一―〇八一五）

定　価　二五〇〇円

発行者　永田　淳

発行所　青磁社

京都市北区上賀茂豊田町四〇―一（〒六〇三―八〇四五）

電話　〇七五―七〇五―二八三八

振替　〇〇九四〇―二―一二四二二四

https://seijisya.com

印刷・製本　創栄図書印刷

ISBN978-4-86198-600-0 C0092 ¥2500E